Analyse de l'œuvre

Par Sybille Mortier et Noémie Lohay

Central Park

de Guillaume Musso

lePetitLittéraire.fr

Rendez-vous sur lepetitlitteraire.fr et découvrez :

Plus de 1200 analyses
Claires et synthétiques
Téléchargeables en 30 secondes
À imprimer chez soi

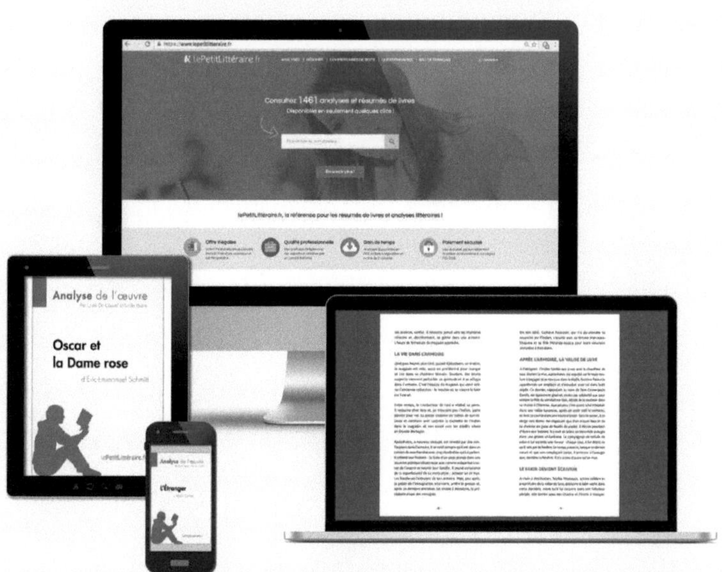

GUILLAUME MUSSO

ROMANCIER FRANÇAIS

- **Né en 1974 à Antibes (Alpes-Maritimes)**
- **Quelques-unes de ses œuvres :**
  - *Et après...* (2004), roman
  - *7 ans après* (2012), roman
  - *La Fille de Brooklyn* (2016), roman

Guillaume Musso commence à écrire alors qu'il est étudiant. À son retour d'un voyage de quelques mois à New York, il étudie les sciences économiques à Nice (Alpes-Maritimes) et devient professeur d'école secondaire. Son premier roman, *Skidamarink*, parait en 2001, mais c'est son deuxième ouvrage, *Et après...*, écrit suite à un accident de voiture, qui lance réellement sa carrière d'écrivain. En effet, le livre se vend à plus de deux-millions d'exemplaires, est traduit dans 20 langues, et est adapté au cinéma en 2008. Avec son style moderne, qui mêle suspense, intensité et humour, Musso est l'un des auteurs français les plus appréciés du grand public.

CENTRAL PARK

UNE COURSE CONTRE LA MÉMOIRE

- **Genre :** thrilleur
- **Édition de référence :** *Central Park*, Paris, XO Éditions, 2014, 396 p.
- **1re édition :** 2014
- **Thématiques :** mémoire, mensonge, perte, vengeance, suicide, amour

Publié en 2014 aux éditions XO, *Central Park* est le douzième roman de Guillaume Musso. Dans celui-ci, l'auteur livre l'histoire surréaliste d'Alice Schäfer et de Gabriel Keyne, qui se réveillent un matin sur un banc de Central Park (New York), menottés l'un à l'autre, sans savoir ni pourquoi ni comment ils en sont arrivés là. Tout ce dont ils se souviennent est ceci : la veille, Alice faisait la fête avec ses amies à Paris, tandis que Gabriel jouait du jazz dans un bar de Dublin (Irlande). Ensuite, c'est le trou noir. Ils n'ont d'autre choix que de se faire confiance pour résoudre ce mystère.

RÉSUMÉ

DE LA CONNAISSANCE...

Le mardi 15 octobre, à 5 heures du matin, Gabriel Keyne, spécialiste de la maladie d'Alzheimer, est réveillé par un appel de son collègue, Thomas Krieg, qui lui expose le cas de sa patiente, Alice Schäfer, une policière française souffrant d'une forme précoce d'Alzheimer. Il lui explique que celle-ci s'est échappée de son hôpital situé à Boston (États-Unis) et que, dans sa fuite, elle a eu une altercation avec l'agent de sécurité de l'établissement, Caleb Dunn. Celui-ci a en effet fait la bêtise de sortir son arme en tentant de l'arrêter, et a reçu une balle dans la cuisse. Alice s'est alors enfuie avec le révolver et les menottes.

À l'aide d'un traceur GPS présent dans la semelle de la patiente, Krieg sait que la jeune femme se trouve maintenant à Manhattan (New York). Il demande à Gabriel d'aller la récupérer rapidement à Central Park, car personne ne sait de quoi la malade est capable : elle souffre d'amnésie et ne conserve ni les souvenirs qui suivent l'annonce de son Alzheimer ni la mémoire du diagnostic lui-même, rendu le mardi 8 octobre. Le spécialiste accepte et, sachant Alice armée, emporte une mallette contenant une seringue d'anesthésiant. Cependant, celle-ci étant équipée d'un système antivol qui, si on l'éloigne trop d'un capteur, déclenche une décharge électrique, il y renonce et la dépose à la consigne de son hôtel.

En chemin vers le « poumon vert » de New York, Gabriel analyse le dossier d'Alice. Il apprend que deux ans plus tôt, elle a enquêté sur le tueur en série Erik Vaughn. Alors enceinte de sept mois et demi, elle a été poignardée au ventre à plusieurs reprises par l'assassin, qui les a laissés pour morts, elle et son bébé. C'est alors qu'en la rejoignant à l'hôpital, son mari, Paul Malaury, a été victime d'un accident fatal.

Depuis ces évènements dramatiques, Alice a réappris à vivre petit à petit et a repris le com-mandement de son groupe d'enquête... jusqu'au jour où elle a eu une courte absence devant sa supérieure. Celle-ci l'a alors forcée à prendre des congés, son retour étant subordonné à un feu vert des médecins. En arrêt maladie depuis trois mois, elle n'a cependant appris qu'une semaine plus tôt qu'elle souffrait d'une forme précoce d'Alzheimer. C'est Seymour Lombart, son meilleur ami, qui l'a alors convaincue de se faire traiter dans l'hôpital de Thomas Krieg. En découvrant le destin tragique de cette femme, Gabriel est sous le choc.

Quand il la retrouve à New York, endormie sur un banc, c'est le coup de foudre. Il décide alors de tout faire pour l'aider à accepter sa maladie. Sachant pertinemment que la jeune femme ne garde aucun souvenir depuis l'annonce du diagnostic, Gabriel met en place un jeu de piste ayant pour but de l'aider à accepter sa maladie, et de la ramener à la clinique. Il prend le portefeuille et les menottes d'Alice, mais lui laisse l'arme. Il contacte ensuite Krieg pour le prévenir, lui demande de joindre Seymour pour qu'il suive ses instructions et lui réclame quelqu'un pour récupérer leurs affaires, qu'il cache un peu plus loin. Enfin, il glisse le reçu de la consigne de l'hôtel dans la poche d'Alice, change la date sur la montre de la jeune femme pour la reculer d'une semaine et se menotte à elle.

... À L'OUBLI

Alice se réveille sur un banc, menottée à un inconnu. Elle découvre que l'arme qu'elle porte sur elle n'est pas la sienne, qu'il y manque une balle, et que son chemisier est couvert de sang. Elle essaie de comprendre ce qu'elle fait là, mais tout ce dont elle se souvient, c'est d'avoir fait la fête la veille avec ses amies, à Paris. Ensuite, c'est le trou noir... Se rendant compte que ses papiers et son téléphone portable ont disparu, elle décide de réveiller l'homme auquel elle est attachée, en espérant qu'il en sache plus.

Gabriel semble être tout aussi surpris par la situation et lui dit être un pianiste de jazz qui jouait la veille dans un bar de Dublin. En quittant le parc, ils réalisent qu'ils ne sont ni à Paris ni à Dublin, mais à New York. Gabriel propose d'aller voir la police, mais la jeune femme refuse tant qu'ils n'en apprennent pas plus sur ce qui leur est arrivé. Sans argent, ils volent un téléphone portable à un touriste pour qu'Alice puisse appeler Seymour, lui expliquer la situation et lui demander de mener l'enquête en France, pendant qu'elle investigue à Manhattan.

Après avoir trouvé un moyen pour se débarrasser des menottes, Alice découvre dans sa poche le ticket de dépôt de bagage de l'hôtel. Elle y récupère la mallette de Gabriel, mais, la porte à peine franchie, le système antivol s'enclenche et lui envoie une décharge électrique. Son compagnon les ramasse, elle et la mallette, et ils reprennent la route.

Alice, qui se sent observée depuis l'épisode de la valise, trouve le traceur GPS dans la semelle de sa chaussure et décide donc de se changer. Entretemps, elle trouve aussi la seringue de Gabriel. Dans le but d'analyser ce nouvel indice, elle se procure un kit de détective dans un magasin de jouets, kit à l'aide duquel elle prélève une empreinte : on y devine une cicatrice en forme de croix.

Alice envoie l'échantillon à Seymour qui, suivant les instructions de Gabriel, lui déclare qu'il s'agit de celle d'Erik Vaughn, et en profite pour lui annoncer qu'il n'existe aucun musicien de jazz du nom de Gabriel Keyne. Alice confronte alors son compagnon à cette information, de sorte que celui-ci admet lui avoir menti. Sans pour autant lui révéler la vérité, il lui avoue être un agent du

FBI (Federal Bureau of Investigation) enquêtant sur le tueur en série qui aurait refait surface.

Gabriel propose ensuite de se rendre dans un laboratoire pour y déposer l'échantillon de sang du chemisier d'Alice. Celle-ci accepte, à condition qu'ils continuent l'enquête ensemble. Sur place, le prétendu agent appelle Thomas Krieg (qu'il fait passer pour son coéquipier) et lui communique le numéro de téléphone de la malade. Pendant ce temps, cette dernière tente de joindre Alain Schäfer, son père, qui ne décroche pas ; s'interrogeant sur la véracité de la mort de Vaughn, prétendument tué par son père après son agression, Alice se demande en effet si ce dernier ne lui a pas menti pour éviter qu'elle ne tente de se venger du criminel. Elle contacte son meilleur ami et l'envoie dans une usine désaffectée en dehors de Paris à la recherche du cadavre du tueur.

Krieg les appelle alors pour leur annoncer que le sang sur le chemisier appartient à Caleb Dunn. Pensant que ce dernier pourrait en réalité être Vaughn, Alice décide d'aller l'interroger. En mettant le hautparleur pour qu'Alice entende la conversation, Gabriel passe un coup de fil à la sécurité de l'hôpital où travaille l'intéressé en se faisant passer pour un ami : on lui répond que ce dernier est bien à l'hôpital, mais du côté des patients, car on lui a tiré dessus.

Depuis son bureau parisien, Seymour appelle son amie et lui fait croire qu'il se trouve à l'usine : il lui rapporte que le cadavre de Vaughn est introuvable, mais qu'il est par contre tombé sur celui d'une jeune femme tuée par l'assassin. En route vers l'hôpital de Boston où Dunn est hospitalisé, Gabriel confisque l'arme d'Alice de peur qu'elle n'essaie de régler ses comptes avec Caleb Dunn lorsqu'ils arriveront à destination. Peu après, elle remarque une cicatrice en forme de croix sur le doigt de son compagnon et est à présent persuadée que Gabriel n'est autre que Vaughn. Malheureusement désarmée, elle agit comme si de rien n'était et passe discrètement un appel à l'un de ses collègues, mais tombe sur son répondeur.

Lorsqu'ils arrivent à l'hôpital, Alice frappe Gabriel de toutes ses forces et, profitant de l'effet de surprise, récupère le révolver. Alors qu'elle le tient en joue, son coéquipier la rappelle et lui apprend qu'elle est en arrêt maladie depuis trois mois. Peu à peu, elle réalise que son trou noir ne couvre pas qu'une seule nuit, mais bien une semaine entière. Un éclair détourne l'attention d'Alice, et Gabriel en profite pour lui injecter le tranquillisant contenu dans la seringue. Avant de perdre connaissance, elle se souvient de tout.

À son réveil, dans sa chambre d'hôpital, Alice se remémore où elle est et pourquoi : le « traitement » de Gabriel semble donc avoir fonctionné. Lorsqu'elle le rejoint, elle lui demande la raison de toute cette mascarade. Il lui explique alors avoir inventé l'histoire de Vaughn pour pouvoir la ramener à l'hôpital en lui faisant croire qu'elle l'y trouverait. En effet, obsédée par l'enquête, la maladie d'Alice est passée au second plan. S'il l'enjoint de poursuivre son traitement (une sorte de pacemaker qui envoie un courant électrique dans son cerveau pour atténuer la maladie), elle lui révèle ne pas avoir la force de se battre.

Réalisant que sa compagne est au bord du suicide, Gabriel lui avoue être tombé amoureux d'elle. Alice lui rétorque qu'un jour, elle ne se souviendra même plus de qui il est. Malgré tout, il affirme être prêt à prendre le risque ; il lui assure que tous les bons moments qu'ils vivront d'ici là en vaudront la peine et que, quoi qu'il arrive, rien ne pourra les lui enlever. L'épilogue laisse penser qu'elle accepte, et qu'ils ont un enfant.

ÉTUDES DES PERSONNAGES

ALICE SCHÄFER

Des drames en cascade

Capitaine de la brigade criminelle de Paris, Alice Schäfer ne vit que pour son métier jusqu'à sa rencontre avec Paul Malaury, qu'elle épouse peu après. Cependant, son bonheur est de courte durée : lorsqu'elle élucide l'affaire du tueur en série sur laquelle la police piétine depuis des mois, elle se retrouve face à l'assassin, Erik Vaughn, qui la poignarde au ventre à plusieurs reprises. Enceinte de sept mois et demi, elle perd son enfant. Quant à Paul, il décède dans un accident de voiture alors qu'il était en route pour la rejoindre à l'hôpital.

Si seul le désir de vengeance semble la maintenir en vie, son père la prive de toute possibilité de l'exercer en assassinant lui-même Vaughn. Afin d'éviter qu'elle ne se suicide, son ami et collègue Seymour ainsi que son père s'installent avec elle et lui réapprennent à vivre. Mais alors qu'elle reprenait enfin gout à son existence, une annonce fatale vient l'ébranler à nouveau : à peine âgée de 38 ans, elle est atteinte d'une forme précoce de la maladie d'Alzheimer.

Lorsque Gabriel la découvre à Central Park, le médecin tombe tout de suite sous son charme : « blonde élancée d'une trentaine d'années » (p. 20), « son visage était dur, mais harmonieux – pommettes hautes, nez fin, teint diaphane – et ses yeux pailletés par les reflets cuivrés des feuilles d'automne, brillaient intensément. » (*ibid.*) Alice est alors « vêtue d'un jean serré et d'un blouson de cuir d'où s'échappaient les pans d'un chemisier taché de sang » (*ibid.*), et porte la montre de Paul.

Réapprendre à vivre

La vie d'Alice est dirigée par sa passion et son métier : arrêter les criminels. Si « elle dégageait une beauté sauvage, presque martiale », « derrière la dureté de ses traits, on devinait par intermittence l'esquisse d'une autre femme, plus douce et plus paisible » (p. 204-205). Elle se trouve, depuis la perte de Paul et de leur enfant, « dans un no man's land étrange : cette impression d'avoir toujours vingt ans dans sa tête et d'en traîner le double dans son corps » (p. 227).

Lorsqu'elle se réveille, sans mémoire, à Central Park, ses réflexes de policière prennent le dessus, et elle n'a qu'une chose en tête : résoudre ce nouveau mystère – et, quand elle apprend que Vaughn y est impliqué, tuer enfin ce dernier. Au cours de son enquête, elle apprend peu à peu à faire confiance à Gabriel, jusqu'au moment où elle pense que Vaughn et le spécialiste ne sont qu'une seule et même personne. Une fois ses souvenirs revenus, d'abord furieuse des mensonges de Gabriel, elle comprend qu'il tentait de l'aider et finit par se laisser convaincre de continuer, à ses côtés, son combat contre la maladie d'Alzheimer.

GABRIEL KEYNE

Le docteur Keyne est un spécialiste de la maladie d'Alzheimer. Il a toutefois quitté la clinique qu'il a fondée avec Thomas Krieg pour suivre son ex-femme, partie s'installer à Londres avec leur fils, Théo, 6 ans, après leur séparation : sa femme a en effet demandé le divorce après la mort de sa sœur cadette, décédée en démarrant la voiture – piégée – de Gabriel, alors qu'il travaillait comme « psychiatre bénévole dans une association qui aidait les prostituées » (p. 367). Suite à une dispute, celle-ci obtient une injonction d'éloignement, et Gabriel rentre vivre à New York.

Amateur de jazz, il se fait passer auprès d'Alice pour un pianiste, avant de lui faire croire qu'il est en fait un agent du FBI à la poursuite d'Erik Vaughn. Cet homme au corps massif et robuste a les cheveux châtains, des yeux « clairs et engageants » (p. 20), et arbore une barbe naissante. Lorsqu'il rencontre Alice, qui lui donne entre 35 et 40 ans, il porte un jean sombre, une chemise bleue recouverte d'une veste de costume cintrée et des chaussures de sport.

Refusant d'abord d'aider Thomas Krieg, la curiosité de Gabriel l'emporte. Il tire alors profit de ce qu'il a lu dans le dossier d'Alice pour inventer, improvisant au fur et à mesure, un scénario, « une sorte de jeu de rôles psychanalytique » (p. 359) ; son objectif est qu'Alice « [cesse] d'être dans le déni de [sa] maladie. [...] C'est [s]on métier : reconstruire les gens, essayer de remettre de l'ordre dans leur esprit. » (*ibid.*) Cette mise en scène lui permet également d'évoluer. Si « depuis que son épouse l'avait quitté, il détestait ce qu'il était devenu : une âme errante, un fantôme à la dérive que plus rien ne freinait dans sa chute » (p. 337), sa rencontre avec Alice le bouleverse et redresse sa trajectoire.

SEYMOUR LOMBART

Grand amateur et collectionneur d'art contemporain, Seymour Lombart est le meilleur ami d'Alice, mais également son adjoint à la brigade criminelle. Dévoué, il n'hésite pas à s'installer avec elle après son agression pour lui remonter le moral et lui redonner gout à la vie. C'est également lui qui l'envoie se faire soigner dans la clinique de Thomas Krieg en prenant tous les frais à sa charge. Souhaitant à tout prix aider son amie, il assiste Gabriel dans sa mise en scène en fournissant de fausses informations à la malade, en subtilisant le téléphone portable du père de celle-ci afin qu'elle ne puisse pas le joindre, et en donnant des conseils à son complice pour qu'il joue de manière convaincante le rôle d'un agent du FBI à la poursuite de Vaughn.

ALAIN SCHÄFER

Affublé d'une silhouette massive, d'une crinière poivre et sel et d'une barbe de trois jours, Alain Schäfer est un ancien policier, incarcéré pour corruption. Depuis cette arrestation, Alice et lui ne se parlent plus : alors que son père était son modèle, sa raison même de devenir policière, elle a eu l'impression d'être trahie par ses actes. C'est Paul qui l'a poussée à lui rendre visite en prison afin de discuter et de poser les bases d'une réconciliation.

Lors du décès de ce dernier, Alain reste au chevet de sa fille pour la soutenir dans ce moment difficile. Quelque temps après l'agression d'Alice, il lui apprend avoir retrouvé la trace de Vaughn et s'en être débarrassé pour qu'il ne lui fasse plus jamais de mal. Par la suite, il s'installe avec sa fille et Seymour pour éviter que cette dernière ne mette fin à ses jours.

ERIK VAUGHN

Brun et doté d'un physique agréable, mais passepartout, Erik Vaughn cache bien son jeu. Cet homme de 35 ans travaille comme intérimaire dans un établissement qui rassemble les objets perdus de la ville et se sert de son emploi pour repérer ses victimes : des femmes célibataires. Quand l'une d'entre elles l'intéresse, il ne l'encode pas dans le registre, se présente à son domicile quelques jours plus tard et déclare avoir retrouvé l'objet perdu. Cette dernière, ne se méfiant pas de l'annonceur d'une si bonne nouvelle, lui ouvre sans crainte. Il en profite alors pour l'étrangler à l'aide des bas de la victime précédente. Il est finalement tué à coups de barre de fer par Alain Schäfer suite à l'agression d'Alice.

Pour les besoins de sa mise en scène, Gabriel fait croire à Alice que Vaughn continue de perpétrer ses meurtres : il aurait tué une Irlandaise à l'aide des bas volés à Alice lors de son agression, une infirmière américaine avec ceux de la victime précédente, ainsi qu'une Française, faussement découverte par Seymour.

CALEB DUNN

Âgé de 41 ans, Caleb Dunn est un homme commun, de taille moyenne, au visage quelconque et sans trait distinctif. Après s'être fait arrêter pour trafic de stupéfiants, il s'est rangé et a travaillé comme veilleur de nuit dans une maison de retraite avant de devenir agent de sécurité dans l'hôpital de Thomas Krieg. Il est considéré comme quelqu'un de sérieux et de serviable.

THOMAS KRIEG

On ne connait que peu de choses du docteur Thomas Krieg, si ce n'est qu'il est l'ancien collaborateur de Gabriel, son ami, ainsi que l'un des fondateurs du Sebago Cottage Hospital, où Alice est internée pour soigner son Alzheimer. Pour aider son collègue dans sa mascarade thérapeutique, il endosse le rôle du coéquipier de ce dernier au FBI.

CLÉS DE LECTURE

UN THRILLEUR

Origines du thrilleur

Le roman policier « met en scène une enquête criminelle portant sur un ou des assassinats et dont le récit se fonde sur une narration régressive : l'enquête doit reconstituer l'histoire de ce qui s'est passé, à quoi ni l'enquêteur ni le lecteur n'ont assisté » (BLETON P., ROSIER J.-M., « Roman policier », in ARON P., SAINT-JACQUES D., VIALA A. [dir.], *Le dictionnaire du littéraire*, Paris, Presses universitaires de France, 2004, p. 552). « On trouverait sans peine, depuis les origines de la littérature, des histoires construites sur cette formule, mais l'usage est de faire naître le genre vers 1840, avec Edgar Poe [écrivain américain, 1809-1849]. » (« Policier » *in larousse.fr*)

Au fil du temps, le genre évolue et « de nouvelles perspectives s'ouvrent à l'enquête, considérée comme un moyen et non plus comme une fin » (*ibid.*). Le thrilleur est ainsi un sous-genre, psychologique, du roman policier, « qui ne repose pas forcément sur une enquête, mais plutôt sur une machination et qui utilise le suspense pour jouer sur les nerfs du lecteur » (*ibid.*).

Caractéristiques du genre

Le thrilleur se caractérise par sa tension narrative : l'auteur joue toujours la carte du suspense. Le plus souvent, on trouve dans ce genre littéraire des enquêtes policières, des enlèvements, des demandes de rançon, ou des prises d'otage. Le récit place alors le lecteur soit du côté des victimes ou des détectives, soit du côté des malfaiteurs (criminels, assassins, psychopathes, etc.).

Guillaume Musso parvient à nous faire croire tout au long du livre que nous sommes en train de suivre des enquêteurs sur les traces d'un tueur en série, Erik Vaughn, qui les aurait placés dans une situation délicate pour les mettre à l'épreuve. C'est ici que la richesse du roman se dévoile, puisqu'il s'agit en réalité d'une mise en scène imaginée par Gabriel Keyne afin de ramener Alice à l'hôpital et de lui faire accepter sa maladie.

Par le procédé du suspense, élément incontournable du thrilleur, l'auteur nous place finalement dans la même position que celle d'Alice, qui fait confiance à ses connaissances (ce que lui rapportent Gabriel et Seymour) sans réaliser qu'il lui manque en réalité des pièces importantes pour compléter le puzzle. Cette sensation est d'autant plus renforcée que, bien que la narration se fasse à la troisième personne du singulier, elle adopte majoritairement le point de vue de l'héroïne. Le lecteur n'en sait pas plus, et pas moins qu'elle. Cela lui permet de s'identifier au protagoniste, de s'approprier ses questions, ses craintes et ses doutes : « Elle avait beau essayer de se concentrer, un mur de brique blanche lui barrait l'accès à ses souvenirs. » (p. 16)

L'écrivain traite ainsi, d'une manière originale et innovante, de la maladie d'Alzheimer et des troubles de la mémoire qu'elle provoque. De plus, il rajoute à l'aventure de nombreux flashbacks où son personnage principal se remémore son passé et le raconte à la première personne du singulier : « J'ouvre la bouche pour hurler, mais avant que le moindre cri ne sorte, je sens la lame d'un couteau s'enfoncer dans ma chair. » (p. 163) Néanmoins, les derniers chapitres du roman sont centrés sur Gabriel (toujours en narration à la troisième personne et en focalisation interne), qui offre au lecteur la clé du mystère sur la mise en place de sa mascarade. Cela nous permet ainsi de résoudre l'enquête, à l'image d'un vrai enquêteur de thrilleur.

Central Park : un thrilleur et au-delà

On retrouve dans *Central Park* plusieurs caractéristiques du thrilleur, avec parfois de légères variantes :

- si le coupable d'un thrilleur est volontiers dévoilé dès le départ, ce n'est pas le cas ici. Vaughn n'apparait comme suspect qu'au cours de l'enquête d'Alice ;
- si les thrilleurs sont également généralement axés sur la recherche d'un coupable, et bien que cette recherche soit présente dans *Central Park*, la priorité des héros est d'abord de reconstituer ce qui leur est arrivé, comment et pourquoi ils se sont retrouvés menottés dans Central Park sans mémoire de leur nuit. Le roman rejoint encore davantage le canevas du thrilleur lorsqu'il s'agit de retrouver Vaughn ;
- le suspense demeure, lui, abondamment pré-

sent (le récit se déroule en l'espace d'une journée), et l'intrigue présente la dualité attribuée par Tzvetan Todorov (critique littéraire français d'origine bulgare, 1939-2017) au roman à énigme : « Ce roman ne contient pas une, mais deux histoires : l'histoire du crime et l'histoire de l'enquête. [...] La première histoire, celle du crime, est terminée avant que ne commence la seconde (et le livre). » (TODOROV T., *Poétique de la prose*, Paris, Seuil, 1971, p. 57) Cette dualité permet ainsi de réunir « deux types d'intérêts (Comment cela s'est-il passé ? Que va-t-il arriver aux personnages ?) » (REUTER Y., *Le roman policier*, Armand Collin, 2017).

Effectivement, la première histoire n'est ici dévoilée qu'à la toute fin, lorsque nous sont présentés les souvenirs d'Alice et le point de vue de Gabriel, qui explique chacun des éléments de leur parcours jusque là. Plusieurs révélations sont en outre présentes au sein du récit, offrant autant de rebondissements (Gabriel n'est pas jazzman, mais agent du FBI ; Gabriel est, selon Alice, Erik Vaughn) et rendant ainsi la dernière révélation (Gabriel est en fait un médecin, et Alice souffre d'Alzheimer) imprévisible. Ainsi, la fin amène à une relecture de ce qui précède : Alice n'a jamais été réellement en danger, pas plus que Gabriel, et Vaughn ne menaçait en réalité plus personne. L'enquête était donc fictive, tant pour le lecteur que pour l'enquêtrice.

UN STYLE SIMPLE ET EFFICACE

Auteur phare en France, chaque nouveau roman de Guillaume Musso devient rapidement un bestseller. Mais qu'est-ce que le lectorat français, et plus largement mondial, apprécie tant chez lui ?

L'écrivain utilise un style moderne, cinématographique (focalisation interne au travers des yeux d'un personnage principal, prédominance des dialogues, actions rythmées, etc.), avec un vocabulaire simple et des phrases courtes ; les pensées des personnages sont quant à elles rendues en italique. La lecture est ainsi aisée et rapide : « C'est une écriture plutôt fluide dans laquelle on ne bute pas sur les phrases en se demandant ce que l'auteur a voulu dire ! C'est clair. » (« Guillaume Musso, Marc Lévy : les secrets du carton en librairie », in *atlantico.fr*, 1er mai 2012)

L'auteur captive son lecteur en le tenant en haleine, notamment grâce au suspense et à l'intensité des histoires qu'il raconte. On notera d'ailleurs que les phrases courtes contribuent à entretenir le suspense : « Ses gestes étaient précis, mécaniques. Pressée par le temps, elle n'avait pas le droit de se permettre la moindre erreur. Alice approchait le sous-verre cartonné de son visage [...] quand le carillon joyeux de la porte retentit. Elle fit volte-face et avisa Gabriel qui arrivait dans sa direction. » (p.299)

Et quand les critiques le qualifient d'auteur « populaire », il répond :

> « [R]ien n'est plus gratifiant pour moi que de voir des gens lire mes romans dans le métro ou dans le bus. La littérature populaire – celle d'Agatha Christie [femme de lettres britannique, 1890-1976], de Barjavel [écrivain français, 1911-1985] et de Stephen King [écrivain américain, né en 1947]... – est celle qui, adolescent, m'a donné le gout de la lecture. C'est celle des raconteurs d'histoires et du plaisir de lire. Je n'ai donc aucun complexe à être un auteur "populaire", et j'en tire plutôt une grande fierté... » (« Interview de Guillaume Musso à propos de *Seras-tu là ?* », in *guillaumemusso.com*, mai 2006)

Ce qu'il cherche avant tout à faire lorsqu'il s'attèle à l'écriture, c'est à rédiger un livre qu'il apprécierait lui-même en tant que lecteur. Il ne tente pas d'appliquer une recette, mais cherche plutôt à surprendre, à ne pas donner une impression de « déjà-lu ». Pour ce faire, il met d'abord au point un squelette, une structure solide sur laquelle il pourra appuyer son récit. Il passe ensuite beaucoup de temps à peaufiner ses personnages, car il a besoin de les connaitre parfaitement pour être en mesure de créer un lien empathique entre ceux-ci et le lecteur.

L'amour, sentiment universel, est ainsi l'une des principales thématiques de ses romans, tout simplement parce que, d'après l'auteur, « [...] c'est l'amour ou le manque d'amour qui guide une bonne partie des comportements humains » (*ibid.*). Dans *Central Park*, d'ailleurs, c'est finalement l'amour qui est le réel moteur, non seulement du roman – puisque c'est suite à son coup de foudre pour Alice que Gabriel met tout son scénario en place –, mais aussi de la vie, car c'est chaque fois grâce à l'affection de ses proches que la jeune femme renonce au suicide.

La première fois, son père et Seymour parviennent à lui redonner gout à la vie après son agression et la perte terrible de son enfant et son époux. La seconde fois, l'envie de tout abandonner refait surface face à la maladie et au désir morbide de rejoindre ceux qu'elle a perdus. Mais Alice y renonce grâce à l'amour de Gabriel et à la promesse de soutien et de bons moments à vivre qu'il lui fait.

LE THÈME DE LA MÉMOIRE

À travers l'histoire d'Alice, le roman traite de différentes thématiques : la mémoire, le mensonge, la perte, la vengeance, le suicide et l'amour. En effet, la forme même de la narration, qui place le lecteur dans la même position que celle de l'héroïne – c'est-à-dire en plein inconnu –, montre de manière évidente l'importance de la mémoire et l'oppression que l'on peut ressentir face à un trou noir. Qu'ai-je fait ? Où suis-je ? Comment suis-je arrivée ici ? Pourquoi suis-je menottée à un inconnu ? Pourquoi suis-je couverte de sang ? Autant de questions qui l'assaillent lorsqu'elle se réveille sur un banc de Central Park, menottée à Gabriel. Incapable de se souvenir, son esprit, comme celui du lecteur, tente de reconstituer la trame à partir du peu d'informations dont il dispose.

Or, ce qu'elle ignore, c'est que les indications qu'elle reçoit – qu'elles proviennent d'un inconnu, Gabriel, ou d'une personne de confiance comme Seymour – s'avèrent complètement erronées. Plongée dans le mensonge, Alice est incapable de combler les trous et, guidée par son instinct de policière, se lance à la poursuite d'un tueur, en réalité mort depuis des années.

Si sa mémoire défaille, son esprit de déduction, toujours intact, lui permet peu à peu d'élaborer une trame logique : Gabriel ne peut être que Vaughn. En effet, si le cerveau d'Alice occulte les informations de la dernière semaine, voire des derniers mois, les souvenirs de son passé sont entiers, y compris l'attaque du tueur en série et tout ce qu'elle lui a couté : son enfant, son époux et sa joie de vivre. Ainsi, à travers les flashbacks d'Alice, nous sommes confrontés à l'énorme perte qu'elle a subie. Perte qui lui a presque couté la vie, car, sans l'attention constante de son père et de Seymour, elle n'aurait pas hésité un instant à se suicider.

Bien consciente de ce que Vaughn lui a arraché et privée de sa vengeance par son père, qui dit avoir tué le meurtrier, Alice se montre plus que déterminée à se débarrasser de cet homme – ou plutôt de celui qu'elle prend pour Vaughn, à savoir Gabriel. Ainsi, par cette déduction inattendue, le médecin passe bien près de la mort.

La notion de perte prend également un sens nouveau lorsqu'Alice découvre qu'elle est victime de la maladie d'Alzheimer. En effet, cette femme à l'esprit acéré ne peut accepter l'idée de perdre ce qui fait d'elle une bonne policière : sa mémoire et son intelligence. À nouveau, l'idée du suicide s'impose à l'héroïne qui préfère choisir sa mort plutôt que de se laisser dépérir.

LA MALADIE D'ALZHEIMER

Tirant son nom du neurologue allemand (1864-1917) l'ayant décrite pour la première fois en 1906, la maladie d'Alzheimer est une « affection neurologique chronique, d'évolution progressive, caractérisée par une altération cérébrale irréversible aboutissant à un état démentiel » (« Alzheimer », in *larousse.fr*) ; elle est classée parmi les démences et se manifeste principalement chez les personnes âgées (« sa fréquence globale, après 65 ans, varie entre 1 et 5,8 % », *ibid.*). Au niveau du cerveau, elle se manifeste par « une diminution du nombre de neurones » (*ibid.*) et une « atrophie cérébrale » (*ibid.*) – certaines zones du cerveau ne fonctionnent donc plus normalement.

Si ses causes sont encore inconnues, la maladie s'exprime notamment par des troubles de la mémoire, qui ne touchent pas immédiatement les souvenirs anciens. Les autres symptômes possibles incluent des troubles du comportement (notamment un déni de la maladie) et du caractère, des troubles du langage, des troubles moteurs ou encore une difficulté à reconnaitre les visages (de ses proches, voire son propre visage). Si des médicaments ont été développés pour alléger certains symptômes, il n'existe pas encore de traitement permettant de guérir la maladie.

La stimulation cérébrale profonde, brièvement présentée dans le roman, est une piste réelle de recherche dans le traitement de la maladie d'Alzheimer. Cette technique, d'abord mise au point pour la maladie de

Parkinson – autre maladie neurologique, décrite par le médecin anglais James Parkinson (1755-1824) en 1817 –, consiste à implanter dans le cerveau du patient des électrodes ; grâce à un « pacemaker », celles-ci délivreront des impulsions électriques dans le cerveau afin d'en stimuler certaines zones.

Certaines études ont montré une amélioration du fonctionnement du cerveau chez plusieurs patients : « Dans la maladie d'Alzheimer, certaines zones spécifiques du cerveau ne métabolisent pas le glucose normalement. En les stimulant, nous pouvons retrouver une fonction normale, ce qui entrainera une amélioration des signes et symptômes de la maladie d'Alzheimer » (« Stimulation cérébrale profonde », in *neuromedia.ca*, 11 octobre 2016).

Avec *Central Park*, Guillaume Musso offre ainsi un thrilleur original, basé sur l'amnésie de son protagoniste, qui souffre de la maladie d'Alzheimer. Le lecteur, ne découvrant les rouages de l'intrigue qu'en fin de lecture, peut alors repenser l'histoire à la lueur de cette surprise. Tout en laissant également, comme au sein de plusieurs autres de ses romans, une place importante à l'amour et aux relations humaines, l'auteur aborde ainsi la thématique de la mémoire sous un angle nouveau.

PISTES DE RÉFLEXION

QUELQUES QUESTIONS POUR APPROFONDIR SA RÉFLEXION...

- À votre avis, pourquoi Seymour accepte-t-il d'aider Gabriel dans sa mascarade ?
- Que pensez-vous de la mise en scène imaginée par Gabriel ? Selon vous, est-ce éthique de la part d'un médecin ?
- Selon vous, quelle(s) raison(s) pourrai(en)t vraisemblablement pousser un médecin à se donner autant de mal pour une patiente dont il ignore tout ?
- Expliquez en quoi le découpage du thriller place le lecteur dans une position d'amnésique.
- À l'aide d'exemples tirés du livre, expliquez comment le cerveau malade d'Alice comble les trous en cherchant des explications logiques à sa présence inexpliquée à Central Park.
- En vous servant d'exemples du roman, montrez en quoi l'amour des proches permet de surmonter les évènements les plus tragiques.
- Quelle image donne le livre du suicide ?

- À votre avis, la vengeance permet-elle d'affronter la perte ? Discutez.
- Après l'agression d'Alice, son père tue Vaughn. La malade l'accepte, et Gabriel, mis au courant au cours de l'aventure, promet de ne pas en parler aux autorités. À travers cet exemple, quelle image le roman dépeint-il du meurtre et de la justice ?
- Comparez ce roman avec un autre ouvrage de Guillaume Musso. Quels en sont les points communs et les différences (en termes narratifs, stylistiques, etc.) ?

Votre avis nous intéresse !
Laissez un commentaire sur le site de votre librairie en ligne
et partagez vos coups de cœur sur les réseaux sociaux !

POUR ALLER PLUS LOIN

ÉDITION DE RÉFÉRENCE

- Musso G., *Central Park*, Paris, Folio, 2015.

ÉTUDES DE RÉFÉRENCE

- « Alzheimer », in *larousse.fr*, consulté le 4 octobre 2017. http://larousse.fr/encyclopedie/divers/maladie_d_Alzheimer/20253
- « Alzheimer : stimuler les neurones pour ralentir le déclin », in *mutualite.fr*, 22 septembre 2015, consulté le 4 octobre 2017. https://www.mutualite.fr/actualites/alzheimer-stimuler-les-neurones-pour-ralentir-le-declin/
- Bleton P., Rosier J.-M., « Roman policier », in Aron P., Saint-Jacques D., Viala A. (dir.), *Le dictionnaire du littéraire*, Paris, Presses universitaires de France, 2004, p. 552.
- « Guillaume Musso, Marc Lévy : les secrets du carton en librairie », in *atlantico.fr*, 1er mai 2012, consulté le 4 octobre 2017. http://www.atlantico.fr/decryptage/guillaume-musso-marc-le-

vy-secrets-succes-librairie-laurence-demur-ger-337510.html

- « Interview de Guillaume Musso à propos de *Seras-tu là ?* », in *guillaumemusso.com*, mai 2006, consulté le 9 octobre 2017. http://www.guillaumemusso.com/roman/seras-tu-la/

- MASCRET D., « Alzheimer : un petit pas vers le "pacemaker" cérébral », in *sante.lefigaro.fr*, 6 décembre 2011, consulté le 4 octobre 2017. http://sante.lefigaro.fr/actualite/2011/12/06/16350-alzheimer-petit-pas-vers-pacemaker-cerebral

- « Optimiser le potentiel de la stimulation cérébrale profonde », in *alzheimer.ca*, 21 avril 2016, consulté le 4 octobre 2017. http://www.alzheimer.ca/fr/sudburymanitoulin/Research/Alzheimer-Society-Research-Program/past-ASRP-recipients/Researcher-profiles/Eva-Vico-Varela

- « Policier » in *larousse.fr*, consulté le 4 octobre 2017. http://larousse.fr/encyclopedie/divers/policier/81082

- REUTER Y., *Le roman policier*, Armand Collin, 2017, consulté le 4 octobre 2017. https://books.google.be/books?id=2aegDgAAQBAJ&dq=-

caract%C3%A9ristiques+roman+policier&hl=fr&source=gbs_navlinks_s
- « Stimulation cérébrale profonde », in *neuromedia.ca*, 11 octobre 2016, consulté le 4 octobre 2017. http://www.neuromedia.ca/stimulation-cerebrale-profonde-2/
- TODOROV T., *Poétique de la prose*, Paris, Seuil, 1971.

SUR LEPETITLITTÉRAIRE.FR

- Fiche de lecture sur *7 ans après...* de Guillaume Musso.
- Fiche de lecture sur *Et après...* de Guillaume Musso.
- Fiche de lecture sur *La Fille de Brooklyn* de Guillaume Musso.
- Fiche de lecture sur *La Fille de papier* de Guillaume Musso.
- Fiche de lecture sur *L'Appel de l'ange* de Guillaume Musso.
- Fiche de lecture sur *Que serais-je sans toi ?* de Guillaume Musso.

Retrouvez notre offre complète sur lePetitLittéraire.fr

- des fiches de lectures
- des commentaires littéraires
- des questionnaires de lecture
- des résumés

ANOUILH
- Antigone

AUSTEN
- Orgueil et Préjugés

BALZAC
- Eugénie Grandet
- Le Père Goriot
- Illusions perdues

BARJAVEL
- La Nuit des temps

BEAUMARCHAIS
- Le Mariage de Figaro

BECKETT
- En attendant Godot

BRETON
- Nadja

CAMUS
- La Peste
- Les Justes
- L'Étranger

CARRÈRE
- Limonov

CÉLINE
- Voyage au bout de la nuit

CERVANTÈS
- Don Quichotte de la Manche

CHATEAUBRIAND
- Mémoires d'outre-tombe

CHODERLOS DE LACLOS
- Les Liaisons dangereuses

CHRÉTIEN DE TROYES
- Yvain ou le Chevalier au lion

CHRISTIE
- Dix Petits Nègres

CLAUDEL
- La Petite Fille de Monsieur Linh
- Le Rapport de Brodeck

COELHO
- L'Alchimiste

CONAN DOYLE
- Le Chien des Baskerville

DAI SIJIE
- Balzac et la Petite Tailleuse chinoise

DE GAULLE
- Mémoires de guerre III. Le Salut. 1944-1946

DE VIGAN
- No et moi

DICKER
- La Vérité sur l'affaire Harry Quebert

DIDEROT
- Supplément au Voyage de Bougainville

DUMAS
- Les Trois Mousquetaires

ÉNARD
- Parlez-leur de batailles, de rois et d'éléphants

FERRARI
- Le Sermon sur la chute de Rome

FLAUBERT
- Madame Bovary

FRANK
- Journal d'Anne Frank

FRED VARGAS
- Pars vite et reviens tard

GARY
- La Vie devant soi

GAUDÉ
- La Mort du roi Tsongor
- Le Soleil des Scorta

GAUTIER
- La Morte amoureuse
- Le Capitaine Fracasse

GAVALDA
- 35 kilos d'espoir

GIDE
- Les Faux-Monnayeurs

GIONO
- Le Grand Troupeau
- Le Hussard sur le toit

GIRAUDOUX
- La guerre de Troie n'aura pas lieu

GOLDING
- Sa Majesté des Mouches

GRIMBERT
- Un secret

HEMINGWAY
- Le Vieil Homme et la Mer

HESSEL
- Indignez-vous !

HOMÈRE
- L'Odyssée

HUGO
- Le Dernier Jour d'un condamné
- Les Misérables
- Notre-Dame de Paris

HUXLEY
- Le Meilleur des mondes

IONESCO
- Rhinocéros
- La Cantatrice chauve

JARY
- Ubu roi

JENNI
- L'Art français de la guerre

JOFFO
- Un sac de billes

KAFKA
- La Métamorphose

KEROUAC
- Sur la route

KESSEL
- Le Lion

LARSSON
- Millenium I. Les hommes qui n'aimaient pas les femmes

LE CLÉZIO
- Mondo

LEVI
- Si c'est un homme

LEVY
- Et si c'était vrai...

MAALOUF
- Léon l'Africain

MALRAUX
- La Condition
  humaine

MARIVAUX
- La Double
  Inconstance
- Le Jeu de l'amour
  et du hasard

MARTINEZ
- Du domaine
  des murmures

MAUPASSANT
- Boule de suif
- Le Horla
- Une vie

MAURIAC
- Le Nœud
  de vipères

MAURIAC
- Le Sagouin

MÉRIMÉE
- Tamango
- Colomba

MERLE
- La mort est
  mon métier

MOLIÈRE
- Le Misanthrope
- L'Avare
- Le Bourgeois
  gentilhomme

MONTAIGNE
- Essais

MORPURGO
- Le Roi Arthur

MUSSET
- Lorenzaccio

MUSSO
- Que serais-je
  sans toi ?

NOTHOMB
- Stupeur et
  Tremblements

ORWELL
- La Ferme
  des animaux
- 1984

PAGNOL
- La Gloire de
  mon père

PANCOL
- Les Yeux jaunes
  des crocodiles

PASCAL
- Pensées

PENNAC
- Au bonheur
  des ogres

POE
- La Chute de la
  maison Usher

PROUST
- Du côté de
  chez Swann

QUENEAU
- Zazie dans
  le métro

QUIGNARD
- Tous les matins
  du monde

RABELAIS
- Gargantua

RACINE
- Andromaque
- Britannicus
- Phèdre

ROUSSEAU
- Confessions

ROSTAND
- Cyrano de
  Bergerac

ROWLING
- Harry Potter à
  l'école des sor-
  ciers

SAINT-EXUPÉRY
- Le Petit Prince
- Vol de nuit

SARTRE
- Huis clos
- La Nausée
- Les Mouches

SCHLINK
- Le Liseur

SCHMITT
- La Part de l'autre
- Oscar et la
  Dame rose

SEPULVEDA
- Le Vieux qui
  lisait des romans
  d'amour

SHAKESPEARE
- Roméo et Juliette

SIMENON
- Le Chien jaune

STEEMAN
- L'Assassin
  habite au 21

STEINBECK
- Des souris et
  des hommes

STENDHAL
- Le Rouge et
  le Noir

STEVENSON
- L'Île au trésor

SÜSKIND
- Le Parfum

TOLSTOÏ
- Anna Karénine

TOURNIER
- Vendredi ou
  la Vie sauvage

TOUSSAINT
- Fuir

UHLMAN
- L'Ami retrouvé

VERNE
- Le Tour
  du monde
  en 80 jours
- Vingt mille
  lieues sous
  les mers
- Voyage au
  centre de
  la terre

VIAN
- L'Écume des jours

VOLTAIRE
- Candide

WELLS
- La Guerre des
  mondes

YOURCENAR
- Mémoires
  d'Hadrien

ZOLA
- Au bonheur
  des dames
- L'Assommoir
- Germinal

ZWEIG
- Le Joueur
  d'échecs

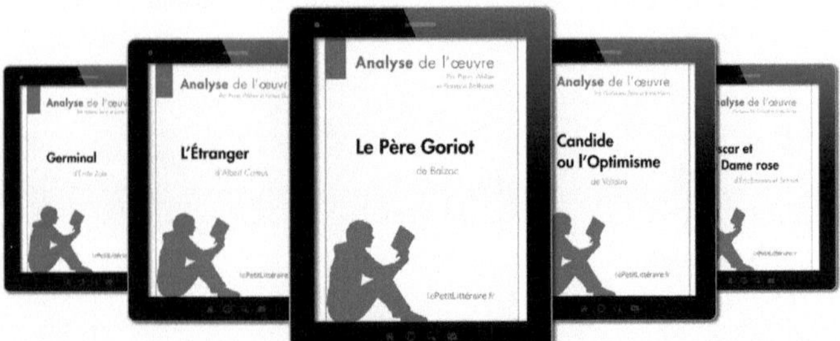

www.lepetitlitteraire.fr

ISBN version numérique : 978-2-8080-0612-5
ISBN version papier : 978-2-8080-0613-2
Dépôt légal : D/2017/12603/848

Avec la collaboration de Noémie Lohay pour l'encadré sur la maladie d'Alzheimer, ainsi que pour les chapitres « Réapprendre à vivre », « Origines du thriller » et « Central Park : un thriller et au-delà ».

Conception numérique : Primento,
le partenaire numérique des éditeurs.

Ce titre a été réalisé avec le soutien de la Fédération Wallonie-Bruxelles, Service général des Lettres et du Livre.